我和我的祖国

时光笔记

人民日报社新媒体中心　编

人民日报出版社
北　京

图书在版编目（CIP）数据

我和我的祖国：时光笔记 / 人民日报社新媒体中心编．—
北京：人民日报出版社，2019.8
ISBN 978-7-5115-5261-7

I. ①我 … II. ①人 … III. ①新闻报道－作品集－中
国－当代 IV. ① I253

中国版本图书馆 CIP 数据核字 (2019) 第 163308 号

书　　名：我和我的祖国：时光笔记
　　　　　WO HE WODE ZUGUO: SHIGUANG BIJI
编　　者：人民日报社新媒体中心

出 版 人：董　伟
责任编辑：宋　娜
装帧设计：秦志超

出版发行：人民日报出版社
社　　址：北京金台西路 2 号
邮政编码：100733
发行热线：（010）65369509 65369512 65363531 65363528
邮购热线：（010）65369530 65363527
编辑热线：（010）65369521
网　　址：www.peopledailypress.com
经　　销：新华书店
印　　刷：北京顶佳世纪印刷有限公司

开　　本：880mm×1230mm　1/32
字　　数：30 千
印　　张：7

版次印次：2019 年 8 月第 1 版　2019 年 8 月第 1 次印刷
书　　号：ISBN 978-7-5115-5261-7
定　　价：49.00 元

我和我的祖国

时光笔记

你和新中国有着怎样的故事
手机扫描上方二维码
开启时光打印机
生成《人民日报》新媒体个性号外

时光印迹

1949
开国大典

中华人民共和国成立
中国人民站起来了！

1949 年 10 月 1 日，中华人民共和国中央人民政府成立典礼，即开国大典，在北京天安门广场隆重举行。参加开国大典的北京 30 万军民齐聚天安门广场，在群众的欢呼声中，毛泽东主席向全世界庄严宣告："中华人民共和国中央人民政府今天成立了！"中华人民共和国诞生了，中国的历史从此翻开崭新的篇章。

记忆中的家

插图：贰钱铜货

祖国就是我加班到凌晨回家，也敢一个人不慌不忙走在小路上的安全感。

——人民日报微信粉丝　张玲玲

新中国第一部法律《中华人民共和国婚姻法》颁布

1950 年 5 月 1 日，《中华人民共和国婚姻法》公布施行，这是新中国的第一部法律。《婚姻法》规定，废除包办强迫、男尊女卑、漠视子女利益的封建主义婚姻制度；实行男女婚姻自由、一夫一妻、男女权利平等、保护妇女和子女合法利益的新婚姻制度。

1950

婚姻法颁布

《关于和平解放西藏办法的协议》签署

1951 年 5 月 23 日，中央人民政府全权代表和西藏地方政府全权代表在北京签订《关于和平解放西藏办法的协议》，宣告西藏和平解放。10 月 26 日，人民解放军进藏部队进驻拉萨。

1951
西藏和平解放

祖国，您让我们挺起腰杆，
我们为您添砖加瓦。

——人民日报微信粉丝　魔然

解锁方式：

下载人民日报客户端
点击“我的”图标
进入“热点活动”
扫描上方图片码
体验立体 AR 图像

新中国第一条铁路干线 成渝铁路建成通车

1952 年 7 月，成渝铁路（成都至重庆）建成通车，全长 505 公里。这是新中国成立后建成的第一条铁路干线，完全由中国自行设计施工，采用国产材料修建。这条铁路是清朝末年就酝酿兴建的川汉铁路的一段，拖了近半个世纪没有铺上一根钢轨，而新中国成立后仅用两年时间就建成通车。成渝铁路的建成，推动了西南地区经济的恢复和发展。

1952

成渝铁路通车

朝鲜停战协定签字 抗美援朝取得胜利

1953 年 7 月 27 日，朝鲜停战协定在板门店正式签字。抗美援朝战争的胜利，打破了美帝国主义不可战胜的神话，极大地提高了中国共产党在全国人民心目中的威信，增强了中国人民的民族自信心和民族自豪感，维护了亚洲和世界和平，使新中国的国际威望空前提高，使国家经济建设和社会改革获得了一个相对稳定的和平环境。

1953
抗美援朝胜利

这颗心除了对女朋友表白过，就只有对我强大的祖国了。

——人民日报微信粉丝　刘也行

连环画

插图：高翔 二野

背后有你，我的腰杆很直！

——人民日报微信粉丝 Joker

第一届全国人民代表大会第一次会议在北京举行 《中华人民共和国宪法》颁布

1954年9月15日至28日，中华人民共和国第一届全国人民代表大会第一次会议在北京举行，大会制定颁布的《中华人民共和国宪法》是中国历史上第一部社会主义宪法，也是一部真正体现人民民主精神的宪法，为发扬社会主义民主和建立社会主义法制奠定了初步基础。

1954

第一部宪法颁布

周恩来率中国代表团参加“万隆会议”

1955年4月18日至24日，周恩来总理率中国代表团出席在印度尼西亚万隆举行的有29个国家参加的亚非会议。这是第一次由亚非国家发起和参加的大型国际会议。中国代表团本着“求同存异”的方针，同其他与会国家一起，为会议的成功作出了贡献。通过这次会议，中国打开了与亚非国家普遍交往的大门。

1955

万隆会议

1956

党的八大

中国共产党第八次全国代表大会召开

1956 年 9 月 15 日至 27 日，中国共产党第八次全国代表大会在北京全国政协礼堂召开。大会宣布，对农业、手工业和资本主义工商业的社会主义改造已取得决定性胜利，社会主义的社会制度在我国已经基本上建立起来了；国内主要矛盾是人民对于经济文化迅速发展的需要同当前经济文化不能满足人民需要的状况之间的矛盾；党和全国人民的当前的主要任务，就是要集中力量来解决这个矛盾，把我国尽快地从落后的农业国变为先进的工业国。

青春最美的模样，便是与祖国共成长。
感恩祖国，让我有爱可期，有梦可依。

——人民日报微博粉丝　心田上的紫罗兰

滚铁环

插图：贰钱铜货 马韶博

小时候以为中国印在课本上，
长大了才知道原来中国印在心上！

——人民日报微信粉丝　黄弓虽

1957
武汉长江大桥

“万里长江第一桥”武汉长江大桥建成

1957 年 10 月 15 日，武汉长江大桥举行了隆重的通车典礼。武汉长江大桥的铁路桥长 1315 米，公路桥长 1670 米。“一桥飞架南北，天堑变通途”，连接中国南北的武汉长江大桥的建成，在我国桥梁建筑史上揭开了新的一页，对中国经济建设具有重大意义。

白天站岗，夜里思乡。
守我山河，寸土不让。

——人民日报微信粉丝　狮子

1958
人民英雄纪念碑

英雄们永垂不朽 人民英雄纪念碑建成

1958 年 4 月 22 日，位于北京天安门广场中心的人民英雄纪念碑正式建成。人民英雄纪念碑于 1952 年 8 月正式动工，是为了纪念 1840 年以来，为反对内外敌人、争取民族独立和人民自由幸福，在历次斗争中牺牲的人民英雄们而兴建的。

我是一块砖，祖国需要随便搬。

——人民日报微信粉丝　拥有明天

1959
人民大会堂

我国建筑史上的惊人奇迹 人民大会堂建成

1959 年 9 月 24 日，庄严宏伟的人民大会堂建成了。这是全国人民代表大会的开会地点和全国人大常委会的办公场所。经过一万四千多名建设者的努力，人民大会堂从 1958 年 10 月动工到矗立在天安门前，仅仅用了十个多月，创造了我国建筑史上的惊人奇迹。

1960

登顶珠峰

五星红旗插上世界之巅 中国人首次征服珠穆朗玛峰

1960 年 5 月 25 日，年轻的中国登山队队员王富洲、贡布（藏族）、屈银华，胜利登上海拔 8848 米的珠穆朗玛峰，这也是人类历史上第一次从北坡登上世界最高峰。此外，还有 26 名登山运动员先后几次登上珠峰海拔 8100 米以上高度，创造了世界登山史上罕见的成就。

1961
世乒赛夺冠

中国首次举办世乒赛 国乒包揽男女单打冠军

1961 年 4 月 4 日至 14 日，第 26 届世乒赛在中国北京举行，这也是中国第一次举办世乒赛。经过 9 天的激烈角逐，产生了 10 项世界冠军。其中中国男乒首次获得团体冠军，男子单打冠军和女子单打冠军分别被中国队的庄则栋和邱钟惠夺得。

爱不尽诗词歌赋笔墨丹青，
看不够亭台楼阁烟雨江南。

——人民日报微信粉丝　四季花香

我爱你，由碧海至戈壁；
我爱你，从漠河北极到曾母暗沙。

——人民日报客户端用户　L.

电影院

插图：二野

婴儿降生前会挑选守护天使，那是妈妈；我很幸运，有两个，还有你。

——人民日报微信粉丝　魏培培

1962
首届“百花奖”

第一届电影“百花奖”授奖
崔嵬祝希娟分获最佳男女演员奖

1962 年 5 月 22 日，首届电影评选“百花奖”授奖仪式和联欢晚会在北京举行。这是第一次全国群众性的电影评奖活动。周恩来、陈毅参加了联欢晚会并接见了全体受奖人员。崔嵬、祝希娟分获最佳男演员、最佳女演员奖，最佳导演奖归属谢晋，夏衍、水华获得最佳编剧奖。

火箭军威震四方，辽宁舰劈波斩浪，歼20凌空翱翔。在祖国母亲的怀抱里，我能夜夜安然入梦！

——人民日报微信粉丝　张会军

1963
向雷锋同志学习

人民日报发表毛主席题词向雷锋同志学习

1963 年 3 月 5 日，《人民日报》在头版显著位置刊登毛主席“向雷锋同志学习”的题词，学雷锋活动在全国展开。“人的生命是有限的，可是为人民服务是无限的，我要把有限的生命投入到无限的为人民服务之中去。”这句雷锋名言是其精神的最佳体现，核心就是全心全意为人民服务。

此心安处是吾乡，此梦扬时是吾国。

——人民日报微信粉丝　薛大美香

地动山摇寰宇瞩目
我国第一颗原子弹爆炸成功

1964 年 10 月 16 日，我国第一颗原子弹爆炸成功，这是中国人民加强国防力量的重大成就，也是中国人民保卫世界和平的重大贡献。同日，我国政府发表声明，郑重宣布：中国在任何时候、任何情况下，都不会首先使用核武器。

1964
首颗原子弹爆炸成功

这世上我所爱的有三样：太阳，月亮，还有祖国。太阳朝升，月亮暮起，唯祖国永恒。

——人民日报微信粉丝　黑玫瑰

儿时用的新华字典

插图：高翔

1965
结晶牛胰岛素

我国在世界上首次人工合成结晶牛胰岛素

1965 年 9 月 17 日，经过六年零九个月的艰苦工作，我国科学工作者在世界上第一次用人工的方法合成了一种具有生物活力的蛋白质——结晶牛胰岛素。这一杰出的重大成就，标志着人类在揭开生命奥秘的伟大历程中迈进了一大步，为生命起源的唯物辩证学说取得了一项有力的新论据。

人民日报刊登长篇通讯《县委书记的榜样——焦裕禄》

1966年2月7日，《人民日报》头版刊载长篇通讯《县委书记的榜样——焦裕禄》。1962年焦裕禄调往河南兰考担任县委书记时，该县正遭受严重的内涝、风沙、盐碱三害。他身患癌症，依旧忍着剧痛坚持工作，同全县干部群众一起与自然灾害进行了顽强斗争，终于改变了兰考县的面貌。1964年，焦裕禄病逝于郑州。

1966

焦裕禄

顾往昔，望残垣断壁，闻东亚病夫；
观当下，赞龙腾虎跃，颂锦世繁华；
展未来，恰同学少年，值风华正茂。

——人民日报微信粉丝　辉太郎

1967
第一颗氢弹爆炸成功

中国核武器发展的又一个飞跃 我国第一颗氢弹爆炸成功

1967 年 6 月 17 日，中国的第一颗氢弹在西部地区上空爆炸成功。这次氢弹试验的成功，是中国核武器发展的又一个飞跃，标志着我国核武器发展进入了一个崭新阶段。从第一颗原子弹爆炸成功到第一颗氢弹爆炸成功，中国仅仅用了两年零八个月，在世界上是最快的。

当人字前冠以中国，我才算完整。

——人民日报微信粉丝　丫丫

承五千年文明，江山恒锦绣；
启七十载华诞，祖国正青春。

——人民日报微信粉丝　冬夜星空

中国自行设计建造
南京长江大桥全面建成通车

1968 年 12 月 29 日，南京长江大桥全面建成通车。大桥铁路桥全长 6700 多米，公路桥全长 4500 多米，是继武汉长江大桥、重庆白沙沱长江大桥之后第三座跨越长江的大桥。这座现代化的桥梁是中国自行设计、自行施工建造的。南京长江大桥的全面建成通车，把中国南北交通大动脉津浦路和沪宁路连接了起来，把大江南北的公路交通连接了起来。

1968
南京长江大桥

足球

插图：贰钱铜货　马韶博

天宫站里望天宫，蛟龙站中降蛟龙；
和谐号边叹和谐，复兴号上逐复兴。

——人民日报微信粉丝　赵富华

祖国很大，大到容下 14 亿中国人民；
祖国又很小，小到可以装进每一位
中国人心中。

——人民日报微信粉丝　温暖

林县人民十年艰苦奋斗 人造“天河”红旗渠建成

位于河南的红旗渠工程于 1960 年动工，至 1969 年 7 月支渠配套工程全面完成，历时近十年。工程的竣工，使林县从山坡到梯田，从丘陵到盆地，形成了一个水利灌溉网，全县水浇地面积由新中国成立前的不到一万亩扩大到六十万亩。“水贵如油，十年九旱”的林县变成了旱涝都不怕的富饶山区。

1969

河南红旗渠

如果奇迹有颜色，那一定是中国红吧！

——人民日报微信粉丝　女子在亭

我国第一颗人造地球卫星“东方红一号”发射成功

1970 年 4 月 24 日，我国自行设计、制造的第一颗人造地球卫星“东方红一号”，由“长征一号”运载火箭发射成功。卫星运行轨道距地球最近点 439 公里，最远点 2384 公里，轨道平面和地球赤道平面的夹角 68.5 度，绕地球一周 114 分钟。卫星重 173 公斤，用 20009 兆周的频率，播送《东方红》乐曲。

1970
第一颗人造地球卫星

祖国的现在，就是我小时候心中的未来。

——人民日报微信粉丝　蒋川

1971
恢复联合国合法权利

中国恢复在联合国的一切合法权利提案以压倒多数通过

1971 年 10 月 25 日，第二十六届联合国大会表决阿尔巴尼亚、阿尔及利亚等国提出的要求恢复中华人民共和国在联合国的一切合法权利，并立即把台湾国民党当局的“代表”从联合国及其所属一切机构中驱逐出去的提案。这个提案以 76 票赞成、35 票反对、17 票弃权的压倒多数通过。

青山苍苍，江水泱泱；
千古神州，煌煌一色；
中华儿女，生为炎黄；
此心不改，山高水长！

——人民日报微信粉丝　航航航

1972
尼克松访华

破冰之旅
美国总统尼克松访华

1972 年 2 月 21 日至 28 日，美国总统尼克松应邀前来中国访问。21 日下午，毛泽东主席会见了尼克松，两位领导人就中美关系和国际事务认真、坦率地交换了意见。周恩来总理同尼克松就两国关系正常化及双方关心的其他问题进行了广泛的讨论。28 日，中美双方在上海发表了联合公报，标志着中美两国在对抗了 20 多年之后，开始走向关系正常化。

浮世万千，吾爱有三：喷薄朝阳，皓婉皎月，不及中华，以命悦之。

——人民日报微信粉丝　易水寒

缝纫机

插图：马韶博 高翔

1973
籼型杂交稻

籼型杂交水稻实现“三系”配套成功 我国水稻育种发展到新水平

1973 年，我国籼型杂交水稻实现了“三系”配套成功。我国的籼型杂交水稻是完全依靠自己的力量培育成功的，是继水稻育种史上高秆变矮秆之后的又一次重大突破，标志着我国水稻育种发展到了一个新的水平。籼型杂交稻于 1981 年获得我国第一个国家特等发明奖。

新中国成立70周年
1949-2019
打开人民日报客户端
扫描此图像获得AR动画

有一束照亮东方的光，是由 14 亿中国人的信仰凝聚而成。

——人民日报客户端用户　璆鸣

读诗经，读楚辞，读中国上下五千年的文明；
赏月光，赏牡丹，赏华夏儿女穿梭千年的气魄；
守和平，守诺言，守我大中国的熠熠辉煌。

——人民日报客户端用户　玟鹿儿

1974
胜利油田

人民日报报道
我国在渤海湾地区建起胜利油田

1974 年 9 月 30 日，人民日报报道：我国在渤海湾地区建起了又一个大油田——胜利油田。胜利油田幅员辽阔，资源丰富，距离我国一些工农业生产的主要地区比较近，海陆运畅方便。它的开发建设，对于高速发展我国的石油工业，改变我国的燃料构成和燃料工业布局，促进我国国民经济的发展，具有重要的意义。

1975
刘家峡水电站

我国首座百万千瓦级大型水电站刘家峡水电站建成发电

1975 年 2 月 4 日，全国第一座装机容量百万千瓦以上大型水电站——刘家峡水电站胜利建成。这是中国独立自主，自力更生，自己勘测设计，自己制造设备，自己施工安装，自己调试管理的第一座百万千瓦级大型水电站。也是黄河干流上以发电为主，兼有防洪、灌溉、防凌、航运、养殖等效益的大型水利枢纽。

天地英雄气，浩荡爱国情。

——人民日报客户端用户　人民 35uKd

这锦绣山河，盛世长安，皆因有你。

——人民日报客户端用户　信仰！

小童车

插图：贰钱铜货

我们身上有着炎黄的血脉，五千年的传承让我们深知何为家国。

——人民日报客户端用户　一叶障目

1976
粉碎“四人帮”

粉碎“四人帮” “文化大革命”结束

1976 年 10 月 21 日，首都 150 万军民举行声势浩大的游行，热烈庆祝粉碎王洪文、张春桥、江青、姚文元反党集团篡党夺权阴谋的伟大胜利，声讨“四人帮”的滔天罪行。延续 10 年之久的“文化大革命”至此结束。

中断 10 年的高考恢复 570 万考生走进考场

1977 年 9 月，教育部在北京召开全国高等学校招生工作会议，决定恢复已经停止了 10 年的全国高等院校招生考试，以统一考试、择优录取的方式选拔人才上大学。10 月 21 日，人民日报头版头条发表《高等学校招生进行重大改革》，宣布恢复高考。11 月 28 日至 12 月 25 日，全国约 570 万青年参加高考，27.3 万人被录取。

1977
恢复高考

生来是中国人，那就是一件很自豪的事情。

——人民日报客户端用户　王二狗

长江在此，长城在此，
黄河在此，黄山在此，
故乡在此，国家在此！

——人民日报客户端用户　Aini

老茶壶

插图：马韶博 二野

1978
十一届三中全会

党的十一届三中全会召开 开启改革开放历史新时期

1978年12月18日至22日，中国共产党第十一届中央委员会第三次全体会议在北京举行。全会作出把党和国家工作中心转移到经济建设上来、实行改革开放的历史性决策；强调在党的生活和国家政治生活中加强民主，决定加强党的领导机构，成立中央纪律检查委员会。十一届三中全会标志着中国共产党重新确立了马克思主义的思想路线、政治路线、组织路线，是新中国成立以来党的历史上具有深远意义的伟大转折，开启了我国改革开放历史新时期。

华夏文明五千年，源远流长；
炎黄子孙千万代，生生不息！

——人民日报客户端用户　雨的温柔

《告台湾同胞书》发表
提出实现和平统一的大政方针

1979 年 1 月 1 日，全国人民代表大会常务委员会发表《告台湾同胞书》，郑重宣示在新的历史条件下争取祖国和平统一的大政方针及一系列政策主张。这是对台工作和两岸关系进程中具有里程碑意义的大事，标志着解决台湾问题的理论和实践进入了新的历史时期，也揭开了两岸关系发展新的历史篇章。

1980
经济特区设立

我国正式在深圳、珠海、汕头、厦门设立经济特区

1980 年 8 月，全国人大常委会批准在深圳设立经济特区，深圳经济特区诞生。随后又在珠海、汕头、厦门建立特区。经济特区不仅使这些地区的经济得到快速发展，而且在推进对外开放，引进外资、先进技术及管理经验，建立社会主义市场经济体制方面，发挥了窗口、试验和排头兵作用。

纸短情长，愿倾己一生，护你一世周全。

——人民日报微博粉丝　一又一分之一

鸡毛掸子

插图：贰钱铜货 马韶博

我家在中国，我的家有960多万平方公里。炎黄子孙，心连华夏根。升国旗，唱国歌。我心潮澎湃，我爱你中国！

——人民日报客户端用户　人民PAepY

七战七捷　为国争光
中国女排首次荣获世界冠军

1981 年 11 月 16 日，历时 11 天的第三届世界杯女子排球赛，在日本大阪市府立体育馆闭幕。经过两小时零五分钟的鏖战，中国队以 3 ∶ 2 战胜日本队，七战七捷，夺得冠军。袁伟民获最佳教练员奖，孙晋芳获最佳运动员、优秀运动员和二传奖，郎平获优秀运动员奖。

新中国成立70周年
1949-2019
打开人民日报客户端
扫描此图像获得AR动画

黑白电视机

插图：马韶博 二野

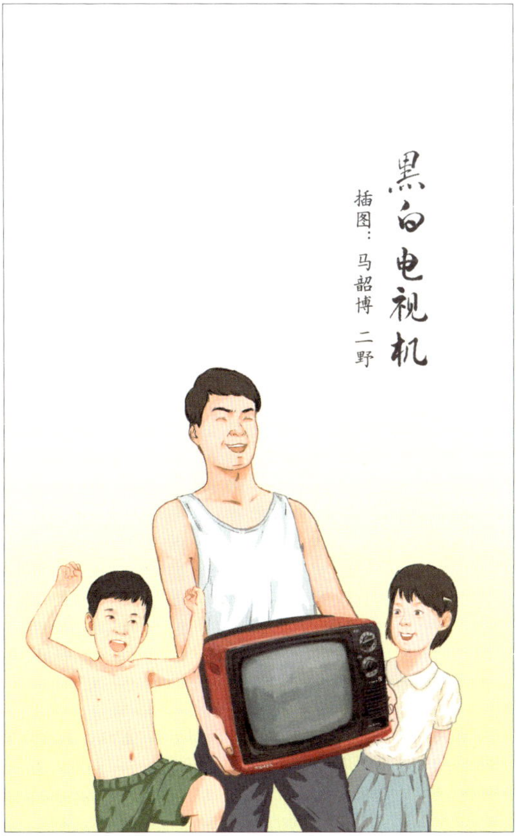

中华人民共和国第四部宪法庄严诞生

1982 年 12 月 4 日，中华人民共和国的第四部宪法庄严诞生。在第五届全国人民代表大会第五次会议当天下午举行的全体会议上，当大会执行主席习仲勋宣布大会以无记名投票方式通过了这部治国安邦的根本大法时，灯火辉煌的人民大会堂会场里，响起了雷鸣般的掌声。这部宪法合乎国情、顺乎民意，是一部定乾坤、保安宁的“振兴法”，富国利民的“幸福法”，保障社会主义现代化建设的根本法。

1982
第四部宪法

国之兴衰，匹夫有责！
凝心聚力，护佑中华！

——人民日报客户端用户　云淡风轻

1983
联产承包责任制

党中央发文肯定联产承包责任制

1983 年 1 月 2 日，中共中央发出《当前农村经济工作中的若干问题》的文件。充分论述了联产承包责任制的优越性，认为联产承包责任制是“马克思主义农业合作化理论在我国实践中的新发展”，是“在党的领导下我国农民的伟大创造”。文件还明确规定，允许农村个体工商户雇工，允许农民个体从事商业和运输业。

祖国，你是我永远画不完的画，永远写不完的诗，永远唱不完的歌！

——人民日报客户端用户　人民 FwnnZ

每寸土地，一草一木，山川河流，
都与我血肉相连！

——人民日报客户端用户　人民 3B6x5

旧磁带

插图：高翔

国庆35周年群众游行 大学生打出“小平您好”的横幅

1984年10月1日，首都举行庆祝中华人民共和国成立35周年的阅兵仪式和群众游行。邓小平检阅受阅部队。群众游行队伍中的一群大学生，通过天安门时展开了“小平您好”的横幅，这一表达亿万人民心声的标语，永远被历史定格。

1984

“小平您好”

作为一名60 后退伍老兵，我想对祖国说："我就是一颗上膛的子弹时刻准备着，当祖国需要的时候射向敌人！"

——人民日报客户端用户 人民 ntBNZ

1985
长城站

中国第一个南极考察站长城站建成

1985 年 2 月 15 日，我国第一个南极科学考察站——中国南极长城站胜利建成。长城站所在的乔治王岛，是南设得兰群岛中最大的一个岛屿，北面邻德雷克海峡，与南美洲的合恩角相距 960 公里；南面隔着布兰斯菲尔德海峡与南极半岛相望，距离约 130 公里。长城站的落成，结束了我国南极考察初期的帐篷时代。

拿起粉笔站在祖国教育的第一线，我知道我也是握着枪的战士，祖国的未来由我来守护，我爱你中国！

——人民日报微信粉丝　王睿劼

1986
义务教育法施行

《中华人民共和国义务教育法》通过并于当年开始施行

1986 年 4 月 12 日，《中华人民共和国义务教育法》由第六届全国人民代表大会第四次会议通过，1986 年 7 月 1 日起施行。该法规定，义务教育可以分为初等教育和初级中等教育两个阶段。凡年满 6 周岁的儿童，不分性别、民族、种族，应当入学接受规定年限的义务教育。条件不具备的地区，可以推迟到 7 周岁入学。

1987
台湾开放大陆探亲

台湾当局开放居民到大陆探亲 国务院负责人表态热情欢迎

1987 年，台湾当局有限制地开放台湾同胞赴大陆探亲，迈出了台湾当局调整大陆政策的第一步。10 月 14 日，国务院有关方面负责人发表谈话指出，热情欢迎台湾同胞到祖国大陆探亲旅游，保证来去自由；同时也希望台湾当局允许大陆同胞到台湾探亲。

“爱国”这词好大，大到“怎么形容”？
“爱国”其实好小，小到“一行一动”！

—— 人民日报微信粉丝　挺好

每当在海外看到中国大使馆迎风飘扬的五星红旗，都会心潮澎湃。

——人民日报微博粉丝 Neal 考试要加油

以大国之泱泱，添天下之风光。
愿我中国，舒天朝晖，磅礴东方。

——人民日报微博粉丝　而我我我 aww

同学录

插图：徐潇逸

经过6年艰苦拍摄 电视剧《西游记》拍摄完成并播出

经过6年艰苦拍摄，大型电视系列片《西游记》全部完成，一共25集，1988年2月开始在中央电视台播放。这是第一次将古典名著《西游记》完整地搬上屏幕，剧组在18个省、市、自治区采景拍摄，行程10多万公里，完成了1.2万个镜头，使用了1000个特技，把祖国的秀丽山川摄入画面并与神话世界融为一体。

1988

《西游记》

什么都给不了您，只能给您两间房，左心房与右心房。

——人民日报微博粉丝　叶湘伦的路姑娘

班级合照

插图：二野

“为中华之崛起而读书”，一直贴在高三教学楼里，每天都会默念几次。

——人民日报客户端用户　人民 KFHQA

“希望工程”为失学孩子带来希望 我国设立救助贫困地区失学少年基金

1989 年 10 月 30 日，中国青少年发展基金会作出决定：设立救助贫困地区失学少年基金会，长期资助我国贫困地区品学兼优而又因家庭困难失学的孩子重新获得受教育的机会。这项被命名为“希望工程”的救助活动，得到了许多党和国家领导人特别是老一辈革命家的赞许和支持，得到亿万国人的参与，改变了众多贫困学生的命运。

1989

“希望工程”

1990
浦东开发

浦东开发进入启动阶段
九项具体政策规定正式出台

1990 年 4 月 18 日，中共中央、国务院同意上海市加快浦东地区的开发，在浦东实行经济技术开发区和某些经济特区的政策。9 月 10 日，国务院有关部门和上海市政府宣布了开发、开放浦东新区的 9 项具体政策规定，标志着浦东开发进入了一个实质性启动阶段。

如果没有成为游子，你不知道多想念家乡亲人。如果不是飘零在外，不知道多思念祖国母亲。

——人民日报微博粉丝　普雷斯马丁 piter

我国和平利用核能的一项重大成就 秦山核电站并网发电

1991 年 12 月 15 日凌晨，我国大陆第一座核电站——秦山核电站并网发电，标志着我国自己建造的核电站投入试运行。秦山核电站，位于浙江省海盐县秦山北麓，满功率发电后，每年可向华东电网输送核电 15 亿千瓦时。这是我国和平利用核能的一项重大成就。

1991
秦山核电站

小时候画中国地图，我一点一点地勾勒祖国的模样，生怕错过那一点点凸起。

——人民日报微博粉丝　石一ann

钢笔
插图：贰钱铜货

1992
“南方谈话”

东方风来满眼春
邓小平发表“南方谈话”

1992 年 1 月 18 日至 2 月 21 日，邓小平视察武昌、深圳、珠海、上海等地并发表谈话，精辟分析了国际国内形势，科学总结了十一届三中全会以来党的基本实践和基本经验，明确回答了长期困扰和束缚人们思想的许多重大认识问题。这次谈话是把改革开放和现代化建设推向新阶段的又一个解放思想、实事求是的宣言书。

《中共中央关于建立社会主义市场经济体制若干问题的决定》通过

1993 年 11 月 11 日至 14 日，中国共产党第十四届中央委员会第三次全体会议在京举行。全会审议并通过了《中共中央关于建立社会主义市场经济体制若干问题的决定》。《决定》把党的十四大确定的经济体制改革的目标和基本原则加以系统化、具体化，是我国建立社会主义市场经济体制的总体规划，是 90 年代进行经济体制改革的行动纲领。

1993

十四届三中全会

五星红旗，你有 14 亿护旗手；
祖国母亲，您有 14 亿中华儿女！

——人民日报微博粉丝　qing 之所向

大屁股电脑

插图：贰钱铜货 马韶博

每次回国入境后都会长长地舒一口气，瞬间卸去了所有的担心与不安，因为我到家了。

——人民日报微博粉丝　仙草本尊

1994
三峡工程

世界上最大的水利枢纽工程
长江三峡工程正式动工

1994 年 12 月 14 日，当今世界上最大的水利枢纽工程——长江三峡工程正式开工。三峡工程是一项具有防洪、发电、航运等巨大综合效益的工程。经过长达 40 年的论证，七届全国人大五次会议批准，又进行了近两年的施工准备，才最后开工。

愿你狂风大浪中不畏风险，
愿你浮华动荡中坚守自如，
愿你寻梦征途中顽强拼搏。

——人民日报微博粉丝　黑色哒小恶魔

公用电话卡

插图：贰钱铜货 马韶博

国有史，地有志，家有谱，过往皆是序章；
站起来，富起来，强起来，奋斗成就梦想。

——人民日报客户端用户　心无所住

纵贯南北九省市
京九铁路全线铺通

1995 年 11 月 16 日上午 11 时 35 分，京九铁路最后两节轨排在江西省与广东省交界的定河桥南端连接完毕，京九铁路全线铺通。京九铁路位于京沪、京广两大南北干线之间，北起北京，南至深圳，连接香港九龙，跨越九省市，全长 2381 公里，是我国铁路建设史上规模最大、工期最紧、一次建成里程最长的铁路干线。

1995

京九铁路

我国钢产量跃居世界第一位 年产量突破一亿吨

1996 年我国钢产量突破 1 亿吨，跃居世界第一位。这是我国钢铁工业发展进程中一个新的里程碑。更为可喜的是，在数量快速增长的同时，我国钢铁工业结构也发生了巨大的变化。

1996

钢产量世界第一

我大中华啊，江山错落，你氤氲画中江海，你孕育的花腔婉转，你起落的文明璀璨，我们都记得。

——人民日报微博粉丝　让我发光 shiny

1997
香港回归

中国政府对香港恢复行使主权 香港回归祖国怀抱

1997 年 7 月 1 日零点，中华人民共和国国旗和香港特别行政区区旗在香港升起，经历了百年沧桑的香港回到祖国的怀抱，中国政府开始对香港恢复行使主权。中华人民共和国香港特别行政区正式成立。香港回归祖国，标志着香港同胞从此成为祖国这块土地上的真正主人，香港的发展从此进入一个崭新的时代。

紫荆花邮资标签

插图：徐潇逸

1998
抗洪抢险

迎战历史罕见特大洪灾 全国团结奋战取得胜利

1998 年 6 月中旬至 9 月上旬，我国南方特别是长江流域及北方的嫩江、松花江流域出现历史上罕见的特大洪灾。在中共中央、国务院、中央军委的领导下，全党全军全国人民团结奋战，取得了抗洪抢险斗争的全面胜利。

爱你朗朗上口的唐诗，
爱你婉约清雅的宋词，
爱你韵味无穷的元曲。

——人民日报微博粉丝　永伴贤良

爱北京的炸酱面，爱上海的生煎，
爱广州的肠粉，爱湖南的鱼头，
爱重庆的火锅，爱云南的米线，
最爱我的祖国。

——人民日报微博粉丝　星妮 er

公交月票

插图：马韶博 二野

出门在外，曾经有人问过我，祖国给我的底气从何而来？我和他说：从乌苏里江的黑瞎子岛，到新疆的帕米尔高原，从东到西，横跨五个时区。从南沙群岛曾母暗沙，到黑龙江主航道中心线，从南到北，纵深五千公里。五千年的历史，九百六十多万平方公里的土地，十四亿的中国同胞。这就是我的底气。

——人民日报客户端用户　坤比

1999
澳门回归

中国政府对澳门恢复行使主权
澳门回归祖国怀抱

1999 年 12 月 19 日午夜至 20 日凌晨，中葡两国政府举行澳门政权交接仪式，宣告中国政府对澳门恢复行使主权，中华人民共和国澳门特别行政区成立。

迎来新世纪新千年

1999年12月31日晚至2000年1月1日凌晨，首都各界迎接新世纪新千年庆祝活动在北京中华世纪坛举行。江泽民主席发表2000年贺词，向全国各族人民和海外侨胞，向世界各国的朋友们致以新世纪、新千年的最良好祝愿。

2000
新世纪新千年

祖国我爱你。如果非要在这份爱上加上期限，我希望是一万年。

——人民日报微博粉丝　正哥哥的妖妖枭

2001
成功“入世”

15 年谈判终成正果 中国加入世贸组织

2001 年 11 月 10 日，世界贸易组织在卡塔尔首都多哈审议并通过了中国加入世贸组织的决定，长达 15 年的谈判风雨历程终于画上了一个圆满的句号。2001 年 12 月 11 日，中国正式成为世界贸易组织成员。

我把你刻入骨血，嵌入灵魂，你是我生生世世谱写的乐曲，是我无时无刻不演奏的赞歌！

——人民日报微博粉丝　千本樱 yy

2002 南水北调工程

南水北调工程开工

2002 年 12 月 27 日，南水北调工程正式开工建设。南水北调工程是优化我国水资源配置的重大战略性基础设施，对缓解北方地区水资源严重短缺局面，实现长江、淮河、黄河、海河四大流域水资源的合理配置，促进经济、社会和生态的协调发展，具有重大意义。

面对突如其来的疫情一手抓防治"非典"一手抓经济建设

2003 年，面对突如其来的"非典"疫情，全党全国人民在中共中央、国务院的领导下，坚持一手抓防治"非典"，一手抓经济建设，夺取了防治"非典"工作的阶段性重大胜利。"非典"学名重症急性呼吸综合征，为一种由 SARS 冠状病毒引起的急性呼吸道传染病，主要传播方式为近距离飞沫传播或接触患者呼吸道分泌物。

2003

抗击“非典”

我把最爱的那个人交给你了，他会护你平安锦绣。

——人民日报客户端用户　呵呵啊木锦

2004
西气东输工程

能源大动脉西气东输工程建成投产

2004 年 12 月 30 日，西气东输工程投产庆典暨表彰大会召开。西气东输是中国西部大开发的标志性工程，它开通了中国横贯东西的一条能源大动脉。西气东输工程西起新疆轮南，途经十个省、自治区、直辖市，全长约四千公里，将加快我国西部大开发的进程，造福新疆及沿线各族人民群众，带动西部地区经济快速发展。

新中国成立70周年
打开人民日报客户端
扫描此图像获得AR动画

70年从曾经的吃不饱穿不暖到现在的不愁吃不愁穿，从曾经的弱国到今天的强国，祖国我们再加油！

——人民日报微博粉丝　超哥西姐真爱粉

国民党主席访问大陆 胡锦涛和连战在北京举行会谈

2005 年 4 月 29 日，中共中央总书记胡锦涛和中国国民党主席连战在北京举行正式会谈。连战首次率团访问大陆，对台海局势和两岸关系产生了重大影响，国、共两党关系史由此掀开崭新一页。同年，连战转任中国国民党荣誉主席，又多次率团参访大陆。

2005
连战访问大陆

不用担心遭受战争、恐怖、袭击、威胁……中国！谢谢你让我知道我是世界上最幸福的十四亿人之一！

——人民日报微博粉丝　妫嫇

2006
取消农业税

全面取消农业税 “皇粮国税”成为历史

2005年12月29日，第十届全国人大常委会第19次会议经表决决定，《农业税条例》自2006年1月1日起废止。同日，国家主席胡锦涛签署第46号主席令，宣布全面取消农业税。2600年的“皇粮国税”——农业税，自2006年起走进了历史，9亿中国农民因此受益。

生吾炎黄，育我华夏。
待之有为，必报中华。

——人民日报微博粉丝　炅林

生在中国，我三生有幸。

——人民日报微博粉丝　不是昵 – 称 –

2007
物权法施行

物权法审议通过并施行

2007年3月16日，十届全国人大五次会议通过《中华人民共和国物权法》，自10月1日起施行。物权法是我国社会主义法律体系中的一部基本法律。其制定历时13年，全国人大及其常委会共审议了八次。

保温杯

插图：贰钱铜货 马韶博

你的山川湖泊，日月星辰，都想收入眼中，装进心底。

——人民日报微信粉丝　STAR

新中国成立70周年
1949-2019
打开人民日报客户端
扫描此图像获得AR动画

2008
北京奥运会

举世瞩目！第二十九届奥运会在北京举办

第二十九届奥林匹克运动会 2008 年 8 月 8 日至 24 日在中华人民共和国首都北京举行。这是中国首次举办奥运会。8 月 8 日晚，北京奥运会开幕式在北京国家体育场举行。国家主席胡锦涛出席并宣布本届奥运会开幕。

2009
中国海军出海护航

中国海军护航舰艇编队首次护航

2009 年 1 月 6 日，中国海军护航舰艇编队抵达亚丁湾、索马里海域预定海区，并立即组织实施了首次护航。自 2008 年 12 月 26 日从海南三亚出发，护航编队经西沙、南沙、新加坡海峡、马六甲海峡，驶入印度洋，顺利抵达预定海域。总航程 4400 多海里，在海上度过了 11 个日夜。

2010
世博会

展示中国发展新貌　荟萃世界文明精华 中国举办 2010 年上海世界博览会

中国 2010 年上海世界博览会开幕式在上海世博文化中心隆重举行，国家主席胡锦涛出席并宣布开幕。上海世博会是继北京奥运会后我国举办的又一国际盛会，也是第一次在发展中国家举办的注册类世界博览会。本届世博会的主题是“城市，让生活更美好”。

作为一名人民解放军，祖国这么美，
每一块国土都值得我们用生命去守护。

——人民日报微信粉丝　菱之

2011
“天宫”“神八”

航天壮举激发奋斗豪情 天宫一号与神舟八号成功交会对接

2011 年 11 月 1 日 5 时 58 分，我国自行研制的神舟八号飞船，在酒泉卫星发射中心发射升空，583 秒后成功进入预定轨道。11 月 3 日凌晨 1 时 36 分，天宫一号目标飞行器与神舟八号飞船成功实现首次交会对接，我国在突破和掌握空间交会对接技术上迈出了重要一步。

信心百倍推进复兴伟业
习近平总书记首次阐述“中国梦”

2012年11月29日，习近平总书记和其他中央领导同志来到国家博物馆，参观大型展览《复兴之路》并发表重要讲话。习近平强调，实现中华民族伟大复兴，就是中华民族近代以来最伟大的梦想。这个梦想，凝聚了几代中国人的夙愿，体现了中华民族和中国人民的整体利益，是每一个中华儿女的共同期盼。

梦想加上一点红色，加上五颗星星，汇聚成中国梦。

——人民日报微博粉丝　小孙同志很优秀

因为有风，柳条得以轻扬；
因为有雨，禾苗得以滋长；
因为有祖国，我的头顶才不再阴霾尽洒阳光。
我爱你，中国！

——人民日报微信粉丝　余季若

2013
“全面深改”

全面深化改革决定通过

中国共产党第十八届中央委员会第三次全体会议，于2013年11月9日至12日在北京举行。全会审议通过了《中共中央关于全面深化改革若干重大问题的决定》。全会高度评价党的十一届三中全会召开35年来改革开放的成功实践和伟大成就，研究了全面深化改革若干重大问题。全会指出，全面深化改革的总目标是完善和发展中国特色社会主义制度，推进国家治理体系和治理能力现代化。

国家设立烈士纪念日 每年 9 月 30 日国家举行纪念烈士活动

2014 年 8 月 31 日，十二届全国人大常委会第十次会议表决通过关于设立烈士纪念日的决定，以法律形式将每年 9 月 30 日设立为烈士纪念日，每年 9 月 30 日国家举行纪念烈士活动。2014 年 9 月 30 日是国家设立的首个“烈士纪念日”，正值中华人民共和国成立 65 周年之际。当天上午，习近平等党和国家领导人来到北京天安门广场，与首都各界代表一起，出席向人民英雄敬献花篮仪式。

2014
烈士纪念日

我爱我的祖国，也将在一年后全心全意保卫她的人民！

——人民日报微博粉丝　吟游诗胱

我喜欢春天的风，夏天的花，秋天的雨，冬天的光，还有，每天的祖国。

——人民日报微信粉丝　西西弗斯

2015
屠呦呦获诺奖

中国科学家因本土研究首次获诺贝尔科学奖 屠呦呦获诺贝尔生理学或医学奖

当地时间 2015 年 10 月 5 日，瑞典卡罗琳医学院宣布，中国药学家屠呦呦获 2015 年诺贝尔生理学或医学奖。屠呦呦的获奖理由是“有关疟疾新疗法的发现”。这是中国科学家因为在中国本土进行的科学研究而首次获诺贝尔科学奖，是中国医学界迄今为止获得的最高奖项，也是中医药成果获得的最高奖项。

祖国日益强大，
在全世界面前，感觉倍儿爽。

——人民日报微信粉丝　冬冬

新中国成立70周年
1949-2019
打开人民日报客户端
扫描此图像获得AR动画

你为我遮风挡雨的每一天我都铭记在心，只要你需要，我会尽余生守护你的每一寸肌肤和血肉。我爱你，不论身在何地。

——人民日报微信粉丝　快乐的小番茄

2016

“中国天眼”

“中国天眼”落成启用

被誉为“中国天眼”的500米口径球面射电望远镜（FAST），2016年9月25日落成启用。这是具有我国自主知识产权、世界最大单口径、最灵敏的射电望远镜，地处贵州省黔南布依族苗族自治州平塘县克度镇大窝凼。它的落成启用，对我国在科学前沿实现重大原创突破、加快创新驱动发展具有重要意义。

我愿与你共享流岚与虹霓，也愿同你一道分担寒潮与洪雷。

——人民日报微信粉丝　不瘦 20 斤我姓王

中国共产党第十九次全国代表大会在京开幕

2017 年 10 月 18 日，中国共产党第十九次全国代表大会在京开幕，习近平代表第十八届中央委员会向大会作报告。习近平指出，经过长期努力，中国特色社会主义进入了新时代，这是我国发展新的历史方位。这标志着我国社会主要矛盾已经转化为人民日益增长的美好生活需要和不平衡不充分的发展之间的矛盾。新时代中国特色社会主义思想明确坚持和发展中国特色社会主义，总任务是实现社会主义现代化和中华民族伟大复兴，在全面建成小康社会的基础上，分两步走在本世纪中叶建成富强民主文明和谐美丽的社会主义现代化强国。

2017

党的十九大

2018
港珠澳大桥

港珠澳大桥建成开通

港珠澳大桥开通仪式 2018 年 10 月 23 日上午在广东省珠海市举行。港珠澳大桥跨越伶仃洋，东接香港特别行政区，西接广东省珠海市和澳门特别行政区，总长约 55 公里，是“一国两制”下粤港澳三地首次合作共建的超大型跨海交通工程。它是世界最长跨海大桥，拥有世界最长海底沉管隧道，是世界最长钢结构桥梁。

C919
新中国成立70周年
打开人民日报客户端
扫描此图像获得AR动画

一个人可以走得很快，但让我们走得更远的，是我们强大的祖国。

——人民日报微信粉丝　ZERO

2019

新中国成立 70 年

迎接共和国 70 周年华诞

我们将隆重庆祝中华人民共和国 70 周年华诞。国家主席习近平在 2019 年新年贺词中说，一路走来，中国人民自力更生、艰苦奋斗，创造了举世瞩目的中国奇迹。新征程上，不管乱云飞渡、风吹浪打，我们都要紧紧依靠人民，坚持自力更生、艰苦奋斗，以坚如磐石的信心、只争朝夕的劲头、坚韧不拔的毅力，一步一个脚印把前无古人的伟大事业推向前进。

我和我的祖国

时光笔记

你有什么话，想对祖国说
除了写进时光笔记
也可以扫描上方二维码
参加网络征集
来吧，一起向祖国表白